LE
CHRISTIANISME
DE
LUTHER

PAR

FÉLIX KUHN

PARIS

LIBRAIRIE FISCHBACHER

(Société anonyme)

33, RUE DE SEINE, 33

—

1900

LE CHRISTIANISME DE LUTHER

PAR

FÉLIX KUHN

PARIS

LIBRAIRIE FISCHBACHER

(Société anonyme)

33, RUE DE SEINE, 33

—

1900

DU MÊME AUTEUR :

Luther, sa vie et son œuvre (Mention honorable de l'Académie française). 3 volumes in-8°. Paris, librairie Fischbacher 18   »

Le Guide du Chrétien. — Prières, Témoignages de l'Ecriture sainte, et Elévations de l'âme à Dieu. 2ᵉ édition. 1 vol. in-18 1   25

TRADUCTIONS :

Le Livre de la Liberté chrétienne, avec l'épître dédicatoire au pape Léon X, par MARTIN LUTHER, avec une notice historique. In-12 0   50

A la Noblesse chrétienne de la Nation allemande, touchant la réformation de la chrétienté, par MARTIN LUTHER, avec une notice historique. 1 vol. in-12 5   »

LE

CHRISTIANISME DE LUTHER

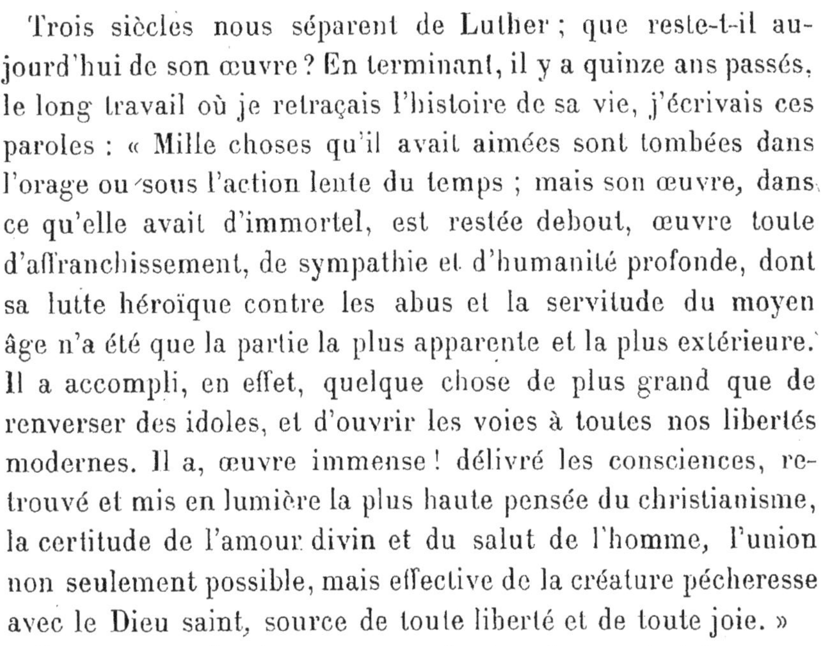

I

Trois siècles nous séparent de Luther ; que reste-t-il aujourd'hui de son œuvre ? En terminant, il y a quinze ans passés, le long travail où je retraçais l'histoire de sa vie, j'écrivais ces paroles : « Mille choses qu'il avait aimées sont tombées dans l'orage ou sous l'action lente du temps ; mais son œuvre, dans ce qu'elle avait d'immortel, est restée debout, œuvre toute d'affranchissement, de sympathie et d'humanité profonde, dont sa lutte héroïque contre les abus et la servitude du moyen âge n'a été que la partie la plus apparente et la plus extérieure. Il a accompli, en effet, quelque chose de plus grand que de renverser des idoles, et d'ouvrir les voies à toutes nos libertés modernes. Il a, œuvre immense ! délivré les consciences, retrouvé et mis en lumière la plus haute pensée du christianisme, la certitude de l'amour divin et du salut de l'homme, l'union non seulement possible, mais effective de la créature pécheresse avec le Dieu saint, source de toute liberté et de toute joie. »

Les pages qui suivent ne sauraient avoir pour but de reproduire dans son vaste ensemble cette œuvre d'émancipation, ni même de donner le résumé quelque peu complet de la théologie de Luther, mais uniquement de mettre en relief les pensées maîtresses de son génie, qui ont fait de lui le réformateur de la chrétienté.

Luther, comme toutes les grandes individualités qui dépassent la commune mesure, n'est pas simple : son âme renferme tout un monde de pensées et de sentiments contradictoires qu'il n'est pas facile de ramener à l'unité.

Par un côté de son être il est bien encore un homme du Moyen Age dont il a les croyances, les préjugés, les douleurs et les aspirations. Sa théologie emprunte les formes de la scolastique, et va parfois jusqu'à la subtilité ; sa conception de l'univers ne dépasse en aucune façon celle de ses contemporains ; sa connaissance de l'histoire est médiocre. Il a toutes les superstitions populaires, et dans sa polémique contre ses adversaires, la rudesse et la grossièreté du moine.

S'il n'était que cela, il ne nous dirait plus rien. On fait fausse route aussi quand on lui applique les procédés d'analyse qui servent à l'intelligence des théologiens de profession. Certes, il possédait à un haut degré le génie spéculatif ; il était versé autant qu'homme de son siècle dans la connaissance des choses philosophiques, et il en a fourni la preuve dans un grand nombre de ses écrits, dans son admirable traité du serf arbitre, dans ses luttes contre les sacramentaires et les illuminés. Néanmoins il n'a jamais donné une forme systématique à sa pensée, et nous n'avons pas de lui un corps de doctrine comparable à ce que nous ont laissé Mélanchton et Calvin. La recherche de la vérité intellectuelle l'intéressait peu ; il se préoccupait médiocrement de sonder et de connaître l'énigme de l'Univers. Il ne voyait dans les pures spéculations de l'esprit qu'un rêve de la raison impuissante qui se paye de mots et n'atteint pas la réalité. S'il a tour à tour exposé, combattu ou maintenu les doctrines ecclésiastiques ; s'il s'est levé hardiment contre le dogme reçu, ce n'est point par cette raison que ces doctrines et ce dogme lui paraissaient entachés d'erreur, mais uniquement parce qu'ils voilaient à ses yeux la sainte figure de son Christ et qu'ils blessaient sa conscience.. Dans toute doctrine il n'a jamais cherché que la consolation qu'elle donne, avec la vie et le salut. C'est ainsi qu'il a rajeuni les grandes doctrines du serf arbitre, de Dieu, de Jésus-Christ, des sacrements, doctrines mortes ou cruelles dans l'Eglise catholique, doctrines par lui devenues vivantes et fécondes dans le protestantisme.

Ce qui fait sa grandeur c'est que, de ce fonds d'idées et de sentiments qu'il partage avec les hommes de son siècle, surgissent, chez lui, des éclairs de génie qui dissipent les ténèbres et l'élèvent au-dessus de lui-même, des intuitions merveilleuses de la vérité, bien en avance de son temps, et qui font de lui le prophète de l'avenir.

La sphère dans laquelle se meut l'âme de Luther est singulièrement haute et dramatique. Ce n'est pas un esprit qui cherche la lumière ; c'est une âme misérable qui demande la délivrance, la vie, et qui trouve l'une et l'autre. Il nous a raconté lui-même, en mille occasions, comment ce douloureux travail s'est accompli. Il nous a dit sa pauvre jeunesse, sa piété enfantine, son cœur non satisfait, cette soif de Dieu dont il était tourmenté, sa conscience délicate, son épouvante du péché, le frémissement de tout son être à la seule pensée de la justice divine.

Dans son angoisse il abandonne la vie séculière, théâtre du péché des hommes ; il se réfugie dans un couvent, là où l'on peut mener une vie sainte, angélique et y faire son salut. Il met toutes ses énergies de jeunesse à cette œuvre qui l'accable ; il se martyrise ; il tente l'essai gigantesque d'arriver à la sainteté par la mort de l'homme extérieur, de refaire sur lui-même la tentative mille fois échouée d'accomplir cette justice parfaite au bout de laquelle est la vie. « J'aurais voulu, dit-il, escalader le ciel ! » C'était l'œuvre d'un catholicisme idéal, héroïque, exalté : la justice par les œuvres, l'ascétisme dans sa plus grande austérité.

La tentation qui l'obsédait fut plus forte. Prières, confession, exercices de piété, messes, prêtrise ne firent que l'enfoncer davantage dans sa désespérance. Puis, toutes ses belles illusions s'évanouirent ; il en arriva à douter de la miséricorde de Dieu, se croyant prédestiné à la damnation. Son corps était brisé ; son âme quasi morte.

Il nous a dit aussi la lente délivrance, avec ses retours, les paroles de consolation, paroles divines entendues sur les lèvres d'un pauvre moine obscur : « Dieu n'est point irrité contre toi ; c'est toi qui l'es contre lui... Dieu ordonne de croire l'article de la rémission des péchés. » Puis viennent ses entretiens avec Staupitz, un homme expert à consoler, ses lectures de la Bible qui l'étonnent et le frappent comme quelque chose de nouveau ; et quand il acquiert la connaissance de saint Paul, l'illumination se fait. « Alors, dit-il, je me sentis renaître, et il me semblait que la porte du paradis s'ouvrait toute large devant moi. »

Il ne faut pas croire que cette illumination fut soudaine. Cette lumière n'est encore qu'un éclair dans sa nuit ; ce fut une flèche dans son cœur, et le temps seul mûrit la semence reçue ; mais il avait trouvé la formule décisive de sa vie et de toute sa théologie : « Le juste vivra par la foi. »

Aujourd'hui tout cela paraît étrange à ceux qui, façonnés par la culture moderne, ont perdu la compréhension du divin. Nous ne connaissons plus ces angoisses de la conscience, ces affres du désespoir ni ces joies indicibles de la délivrance. Ce monde à la fois terrible et doux qui ébranlait l'âme de Luther ne nous apporte plus guère qu'une émotion rétrospective de curiosité. L'angle sous lequel nous regardons ces choses de la conscience n'est plus le même que jadis. Nous sommes, nous, frappés uniquement du malheur de la vie, et c'est de cette contemplation que naissent notre mélancolie et nos efforts pour un avenir meilleur ; le reste nous touche peu. Luther, et aussi les hommes de son temps, se sentaient, au contraire, accablés du poids lourd de leur conscience ; ils acceptaient facilement les peines de l'existence présente, et tremblaient pour l'éternité. Ils ne songeaient qu'à sauver leur âme de la colère de Dieu, du juge saint et des châtiments divins. Cette croyance était dans leur sang, et nul n'en doutait. Gagner le ciel, fléchir la colère divine par une obéissance forcée, vaincre le remords par la pénitence et le renoncement, c'était l'unique but de la vie et l'éternel désespoir. Tout le moyen âge a souffert et langui de cette conception des choses divines.

Luther, de sa forte voix, apporte la délivrance en disant : Vos pénitences, vos œuvres sont puériles, même impies ; elles ne vont pas jusqu'à Dieu. Dieu est amour ; il faut croire, vous jeter dans ses bras, mourir à vous, vivre en lui. Alors disparaissent la crainte formidable, le châtiment, l'enfer. Il n'y a plus au ciel qu'un abîme insondable de miséricorde. Telle est la grande parole qu'il a jetée aux âmes misérables ; et par cette parole il a été le prophète du monde nouveau, le restaurateur du christianisme.

« Le juste vivra par la foi », voilà la clef d'or bien forgée qui va ouvrir les portes de la prison.

I I

Jamais homme n'a parlé de l'amour de Dieu comme cet homme. Depuis l'apôtre saint Paul, sans en excepter saint Augustin, jamais cœur n'a été si épris de tendresse pour le Dieu qui l'a retiré de sa misère, lui, « pécheur perdu et condamné », et qui lui a ouvert « les portes du Paradis ».

« *Salus tua ego sum.* »

Le Dieu qu'il aime, ce n'est pas celui des sages de ce monde et des philosophes ; c'est le Dieu révélé, incarné dans la personne de son Fils, et qui s'est donné à lui. Hors de Jésus-Christ il n'y a que folie ou désespoir dans toutes les représentations que nous pouvons nous faire de sa personne. Dieu, dans son essence, dans sa majesté, reste inaccessible à nos sens, et nous ne connaissons de lui que ses révélations. La raison qui le cherche, s'égare, folle, impuissante, et ne rencontre que le néant. C'est à la croix, à la crèche de Bethléem, dans cette petitesse humaine que l'âme croyante le rencontre ; et dans cet abaissement réside la plénitude de la Divinité. C'en est assez pour notre vie et pour notre bonheur, puisque le salut est enfermé dans ce mystère de condescendance.

Il est facile de condamner ce scepticisme de Luther et ses violentes diatribes contre la raison imbécile. Aux époques où l'on croyait encore à la toute puissance de la métaphysique, on ne s'en est pas fait faute. Mais aujourd'hui nous sommes devenus modestes et nous avons tant le sentiment de la relativité de toutes choses, même de notre raison, que la recherche de l'absolu ne nous tente guère. Il n'y a plus de route intellectuelle qui mène à Dieu ; nos inférences les plus hautes, même celles qui naissent de la conscience, ne sont, à nos yeux désillusionnés, que des postulats et non la réalité.

Avec de la patience et un peu de bonne volonté, nous parvenons bien à nous établir dans un système qui nous enchante un instant ; mais le temps vient bientôt où nous nous apercevons que le Dieu trouvé n'est qu'un enfant de notre imagination, une idole qu'on ne peut ni aimer ni adorer ; et dans les jours difficiles, ce Dieu n'est pas d'un grand secours.

Les hommes de notre génération qui ont rompu avec le christianisme savent cela et le disent avec amertume. Qui n'a pas entendu leur plainte ? Ce grand silence de Dieu dans l'univers les étonne et les accable. Nulle trace d'une volonté libre, d'une action personnelle ; nulle marque d'amour ou de haine. Tout est indifférent et sourd à nos requêtes ; jamais miracle ne s'est vu, jamais prière n'a été exaucée. Ame de l'univers, puissance, loi, vie, sagesse consciente ou inconsciente, aveugle ou clairvoyante, poursuivant un but ou sans but, qui saurait dire ce qu'il y a au fond des choses, et si vraiment il y a un fond, je veux dire autre chose que ce qui frappe nos sens, apparaît à nos yeux pour se dissoudre aussitôt ? Et quand même cela serait, à quoi la connaissance de cet Etre incompréhensible nous servirait-elle, puisque de lui à nous il n'y a nul rapport et nulle relation ?

A ces plaintes Luther a répondu d'avance : Il n'y a pas d'autre Dieu à chercher et à aimer que le Dieu qui s'offre à notre adoration dans la personne de Jésus-Christ, le Dieu que la foi seule peut atteindre. C'est le Dieu de la vie, de la joie, de la paix, de la félicité. Il n'est pas loin de chacun de nous, mais il y est pauvre et abaissé. Ainsi le monde est plein de lui, bien que le monde le méconnaisse. Il a parlé à nos pères, il parle à nous ; toute bonne chose est comme une représentation de lui-même. Tous les ruisseaux du bien découlent d'une source éternellement pure, d'une volonté éternellement bonne, amour, sainteté, conscience, vérité. C'est lui qui conduit le monde à ses destinées, garde, bénit, sauve, exauce nos prières, regarde à notre vie. Ce n'est pas la raison qui nous l'enseigne, c'est lui-même qui se révèle à nous dans l'histoire, par sa parole, ses prophètes, ses saints, par Jésus-Christ, centre auquel tout aboutit et vers lequel tout remonte. Jésus-Christ a dit : « Qui m'a vu, a vu le Père. »

En lui tout est grâce. Il ne détruit pas, il ne tue pas. Les consciences effrayées, qui ne connaissent pas son œuvre de salut en Jésus-Christ, tremblent devant lui comme devant un Dieu haïssable ; et pourtant, il n'est dans son essence que l'éternel foyer de miséricorde. Si nous n'étions si froids et si incrédules, nous verrions que le ciel et la terre sont remplis du feu brûlant de son amour. — Il va même jusqu'à dire que le Dieu de colère est une ruse du diable qui nous le dépeint comme un juge impitoyable, un tyran sanguinaire.

Et pourtant personne n'a senti d'une façon plus poignante que lui le poids du courroux divin. En quels termes enflammés ne nous parle-t-il pas de cette colère céleste qui brise les os et pénètre jusqu'aux moelles ! Y aurait-il ici une contradiction dans sa pensée ? Non, car, dit-il, il y a Dieu et Dieu, comme il y a pécheur et pécheur. Considéré hors de Jésus-Christ, Dieu est effrayant, et toute créature maudite ; où Dieu n'est pas, il n'y a que mort et condamnation. En Jésus-Christ, il est le Père et la source éternelle de la vie ; et c'est à la vie qu'il nous appelle.

La théodicée de Luther n'offre rien de bien personnel. Il se borne, en général, à reproduire le dogme trinitaire tel que l'enseigne l'Eglise, depuis Athanase, avec cette particularité toutefois, qu'elle finit par s'absorber dans la christologie et se confondre avec celle-ci.

Ici il est intarissable. Il n'y a que Jésus-Christ dans tout ce qu'il écrit, dans ses sermons, dans ses lettres, dans ses prières et ses conversations de chaque jour. Jésus-Christ est devenu le centre de sa vie, le nom où tout aboutit, l'être aimé, adoré, toujours vivant. C'est par lui qu'à travers ses angoisses, ses terreurs, ses macérations, il est sorti de sa mort et a trouvé le salut ; c'est à lui qu'il s'attache avec une foi si ferme que tout son être en est transfiguré.

Sa doctrine touchant le Christ peut facilement se résumer dans ces simples et fortes paroles de son Petit-Catéchisme :

« Je crois que Jésus-Christ, vrai Dieu, engendré du Père de toute éternité, vrai homme né de la vierge Marie, est mon Seigneur. Il m'a racheté, moi perdu et condamné, en me délivrant du péché, de la mort et de la puissance du diable, non point à prix d'or ou d'argent, mais par son saint et précieux sang, par ses souffrances et sa mort innocente, afin que je lui appartienne et que je vive dans son Royaume, pour le servir éternellement dans la justice, dans l'innocence et la félicité, comme lui-même, étant ressuscité des morts, vit et règne éternellement. C'est ce que je crois fermement. »

Le reste est de la théologie ; c'est-à-dire un effort considérable pour justifier devant sa propre raison l'objet de sa foi, le mystère impénétrable de l'union de la nature humaine et de la nature divine dans une même personne, cette double et en apparence contradictoire vérité qui a pénétré son cœur avant d'éclairer son intelligence, et sans laquelle toute sa foi s'anéantirait.

Il redit ces paroles de saint Anselme : « *Desidero aliquot tenus intelligere veritatem tuam, quam credit et amat cor meum.* »

Ce qu'il met, dans cette tentative, de science théologique, de puissance spéculative, de subtilité même, est vraiment admirable. Entraîné par sa polémique contre les rationalistes et les sacramentaires, il formule enfin sa doctrine célèbre de la *Communicatio idiomatum.*

A-t-il réussi à donner la formule définitive, à faire la synthèse de l'éternelle antinomie du divin et de l'humain ? Il est permis d'en douter, car le problème paraît à tout jamais insoluble. Qui peut, en effet, se glorifier de comprendre le mystère de Dieu et le mystère de l'homme ? Quand nous sortons de nous-mêmes pour embrasser par la pensée l'Infini, nous ne savons que balbutier des paroles et remplacer par des images la réalité ineffable qui se dérobe à nos sens. On trace des cercles concentriques pour s'en approcher tant soit peu. Dans ces ténèbres, quelques illuminations nous disent que nous sommes sur la voie, et c'est tout. L'esprit adore, mais il ne sait pas.

Quoi qu'il en soit, la tentative de Luther est une des plus puissantes qui aient jamais été faites. Sa doctrine, non seulement maintient les deux vérités capitales toujours confessées dans l'Eglise chrétienne : Jésus-Christ vrai Dieu et vrai homme ; mais elle enseigne en outre comment, dans sa double nature, Jésus s'incarne dans sa Parole, dans ses sacrements, et se communique aux âmes. — De nos jours elle est délaissée ; mais a-t-on trouvé mieux ?

Luther a parlé admirablement de l'humanité du Sauveur. Cette humanité est le premier enseignement que l'on reçoit de l'Evangile. Jésus, de la crèche à la croix, est bien l'homme semblable à nous. Il agit comme l'un de nous ; il mange, il boit, il grandit et se développe, il se sanctifie, souffre et meurt. C'est de tout bas qu'il nous faut commencer, pour arriver de degré en degré à la connaissance de sa divinité, car l'on ne saurait conclure de sa divinité à son humanité.

Jésus homme nous dit des paroles qui pénètrent comme une flèche. Il humilie, il confond, nous fait mourir et vivre. Jésus, par sa sainteté, nous donne la connaissance de notre vie pécheresse, et nous révèle notre corruption. Jésus nous dit que Dieu est Esprit et Vérité, notre Père céleste. Il prêche son Règne qui est et qui doit venir. Son Evangile est la révélation de l'amour, amour qui nous appelle et nous presse de nous convertir.

On a beaucoup relevé de nos jours cette pensée si juste de faire de l'humanité de Jésus le point de départ de sa christologie. Ritschl et son école ont cru y retrouver leur fameux Christ historique ; et ne pouvant faire évanouir son magnifique enseignement de la divinité du Sauveur, ils l'ont tout simplement considéré comme un reste de cette vieille erreur de l'Eglise qui au Christ de l'histoire a substitué un Christ métaphysique.

Luther avait trop le sentiment de sa misère et de la justice de Dieu pour attacher sa foi, son espérance à une créature quelconque, fût-ce au plus pur des enfants des hommes. Il savait trop ce qu'il y a d'irréparable dans le péché pour supposer un seul instant, qu'un exemple, fût-il divin, pût suffire à nous communiquer la volonté et la force du bien ; il connaissait et il disait la nature humaine trop corrompue pour ne pas enseigner, proclamer qu'il fallait un miracle du ciel et un don de Dieu pour nous ramener à la vie.

Si tant, en effet, que vous éleviez Jésus au-dessus de ses frères, il n'en reste par moins un homme semblable à nous et partageant nos faiblesses, et tôt ou tard apparaîtra un autre homme qui le dépassera ; car de quel droit pourrions-nous assigner l'absolu à une apparition fortuite et tenant son rang dans la série ?

Luther, il l'a dit, n'a nul besoin d'un homme qui lui enseigne la voie du ciel ; il veut et il prêche un Sauveur qui le délivre ; et ce Sauveur ne peut être que Dieu lui-même. Aussi la divinité de Jésus-Christ n'est pas même un problème pour lui ; elle est le centre même de sa foi et l'unique source de son salut.

Pour dépeindre cette plénitude de la divinité dans la personne de Jésus-Christ, il emploie une expression singulière : Dieu, dit-il, s'est versé tout entier en lui, n'a rien gardé pour soi, et par lui tout son amour s'est répandu sur nous.

C'est que vraiment la pauvre créature ne peut aimer, adorer que Celui qui est éternel, le même hier, aujourd'hui, toujours. La foi, avec la joie qu'elle donne, ne saurait uniquement se prendre à une apparition historique, toujours incertaine, vague dans ses contours, soumise à la critique, combattue, discutée. Il existe une nécessité intime qui a poussé l'Eglise à fixer les caractères éternels de son Christ. Saint Paul et saint Jean en ont donné la formule, et nous en vivons.

Jésus-Christ, nous dit Luther, par sa vie et par sa mort, est l'unique fondement du salut. Par lui la Majesté divine est réconciliée, le cœur du Père nous est acquis. Il est la rançon du péché ! De toute éternité il a plu à Dieu de faire cette œuvre de grâce ; dès le commencement du monde, Jésus-Christ a été offert en sacrifice. Adam, les patriarches et tous les saints de l'Ancien Testament ont été, si l'on peut dire ainsi, des chrétiens avant l'avènement ; car ils l'ont connu par la foi. Sa rédemption embrasse tous les temps.

III

« Le juste vivra par la foi. » L'homme pécheur est justifié devant Dieu, pardonné, sauvé, heureux, uniquement par la foi, *sola fide*.

Voilà le Verbe sacré que Luther a fait entendre, le premier depuis l'apôtre saint Paul, et par lequel il apporte aux âmes la liberté.

Ramener tout le christianisme, j'entends le christianisme qui sauve, à cette chose unique : croire éperdument à la miséricorde de Dieu, quelle étonnante nouveauté ! N'était-ce pas revenir à la foi de la Cananéenne et du brigand sur la croix, ou mieux, ramener au milieu d'un monde qui l'avait désappris, le plus grand enseignement de saint Paul ?

Cela paraissait alors, et cela paraît encore aux yeux de beaucoup de chrétiens singulièrement audacieux, l'hérésie des hérésies, celle qui détruit tout.

L'Eglise n'avait ni compris ni reçu l'Evangile autrement qu'un divin ensemble de croyances, de doctrines, de prescriptions, d'adoration, de pratiques religieuses. C'était maintenant la base même de la religion qui s'écroulait par cette nouveauté inouïe qui, sans nier précisément ce qu'elle confessait, s'en passait résolument et allait droit à Dieu.

Ni les saints, ni les mystiques du Moyen Age, ni les Pères, ni même saint Augustin n'avaient eu cette conception de la foi. Luther l'a fait jaillir de l'abîme de ses angoisses ; et le monde religieux en a été ébranlé.

Certes, le mot n'était pas nouveau dans l'Eglise. La foi y a toujours eu sa place, la plus importante sans doute dans la vie aussi bien que dans la théologie. On ne s'est jamais figuré que l'on pût être chrétien sans la foi. C'était la vertu la plus haute, la plus divine des âmes chrétiennes, un ardent désir de Dieu, un soupir après son amour ; mais elle n'était qu'un soupir, presque une faiblesse et n'acquérant de valeur salutaire que par l'adjonction des bonnes œuvres. « La foi sans les œuvres est morte, » disait-on en répétant les paroles peut-être mal comprises de l'apôtre saint Jacques ; et par œuvres on entendait la charité, l'amour, la sainteté, un monde de prescriptions morales et ecclésiastiques, fardeau si lourd qu'il accablait, ne laissant que l'incertitude et le désespoir aux âmes sérieuses qui tentaient de mériter et d'arracher à Dieu leur salut.

La foi seule, a crié Luther, suffit à tout ; les œuvres ne peuvent rien y ajouter ; elles la troublent parfois. La foi seule a la puissance d'unir les âmes à Dieu et à son Christ ; mais qu'est-elle ?

Comment en parler convenablement ? comment comprendre même ceux qui en parlent, si, dans l'étreinte de l'épreuve, on n'a pas éprouvé ce qu'elle vaut ?

La foi est l'œuvre de Dieu ; c'est le Saint-Esprit qui la donne aux cœurs brisés, aux pécheurs qui désespèrent d'eux-mêmes. Ni l'assentiment de l'esprit aux vérités évangéliques, ni la croyance vraie, ni la contemplation de Jésus, ni la conviction la mieux assise ne la suppléent. Ces états d'âme qui stimulent la foi ne sont qu'une dangereuse illusion.

La foi est cet élan intérieur qui jette l'homme aux pieds de son Dieu : « Je crois, Seigneur, aide-moi dans mon incrédulité ! » et lui fait apparaître la miséricorde comme l'unique planche de son salut.

La foi est une illumination surnaturelle du cœur qui se confie pleinement à la Parole et aux promesses de Dieu.

La foi est une certitude, non une espérance seulement, de la grâce offerte, acquise, non achetée, certitude joyeuse, divine, d'autant plus radieuse que la misère a été plus grande et plus sentie.

Délivrance du lourd fardeau, pardon complet, sans restriction. La terreur du Dieu juste et saint s'est évanouie, il n'y a plus ni péché qui damne, ni peine, ni mort, ni enfer. Le Dieu d'amour s'est manifesté à l'âme, tel qu'il est dans son éternelle essence, tel qu'il se donne dans la personne de son Fils, vivant, mourant comme rançon du péché. La seule voix qu'elle entende désormais est celle qui lui crie : « Venez à moi, vous qui êtes chargés et travaillés. »

Cette certitude surnaturelle est le premier fruit de la foi et le gage de tout ce qui va suivre ; car où est la rémission des péchés, là est la vie et le salut.

Cette certitude est caractéristique de la théologie de Luther, certitude intime, absolue, qui se suffit à elle-même, incommunicable peut-être et sans preuve pour les autres, mais toute puissante pour l'âme qui croit. S'il n'y a là qu'une illusion, il n'y aurait alors plus rien de vrai ni au ciel ni sur la terre, et il faudrait douter de tout. Dieu, d'ailleurs, ne saurait mentir, et ses promesses sont éclatantes. Jésus-Christ les a scellées de son sang, et il nous donne sa Parole en témoignage : « Crois au Seigneur Jésus, et tu seras sauvé. »

La foi repose en définitive sur la Parole, puisque c'est elle qui nous fait connaître le Christ sauveur. « L'âme, dit-il, ne trouve sa liberté, sa vie et sa justice que dans la sainte Parole de Dieu. Elle peut se passer de toutes choses, excepté de la Parole, sans laquelle tout lui est inutile. Cette Parole est la sagesse, la grâce et la félicité sans mesure. »

La notion de la Parole joue un rôle considérable dans la théologie de Luther, mais cette notion n'est pas toujours facile à saisir dans son unité et présente des contradictions apparentes. Parfois il la confond avec l'Ecriture sainte ; très souvent il l'en distingue.

Dieu, nous dit-il, ne se communique pas à nous par des songes, des apparitions, des illuminations particulières. Celles-ci ne sont trop souvent que des inspirations diaboliques (contre les inspirés) ; point non plus dans les vains efforts de notre raison impuissante (contre les rationalistes). La Parole seule est la source de la connaissance chrétienne et la révélation de la miséricorde. Cette Parole, c'est l'Evangile de Dieu touchant son Fils, qui s'est fait chair, qui a souffert, qui est ressuscité et qui est glorifié par la puissance de l'Esprit. Tout en elle annonce, prophétise, fait connaître et aimer Jésus-Christ, aboutit à lui seul. Elle n'est rien en dehors de Jésus-Christ ni sans lui. Jésus est le Maître de l'Ecriture, *Dominus et rex Scripturæ*. Il ne faut chercher en elle que lui ; car il en est le centre et la substance.

Sa conception de la Parole est toute mystique. Elle n'est pas un vain son qui frappe l'oreille, ni la lettre écrite qui apporte une pensée ; elle est plutôt une émanation de Dieu lui-même, une puissance spirituelle, créatrice, qui engendre la vie et s'incarne dans des faits, dans les sacrements, par exemple. Nous trouvons là comme un écho du *Logos* de l'apôtre saint Jean.

Elle se confond sans doute avec la sainte Ecriture, mais elle jaillit aussi des lèvres des hommes de Dieu ; et c'est ainsi que lui-même a reçu de la bouche de quelques pauvres frères obscurs les premières lueurs de la vérité qui ont éclairé son âme.

Si la foi chrétienne repose sur l'Ecriture sainte, c'est uniquement par ce motif que l'Ecriture lui apporte le Christ sauveur. Tout ce qui ne l'annonce pas, même dans l'Ecriture, ne saurait être apostolique, quand même saint Pierre et saint Paul s'en porteraient les garants ; tout ce qui l'apporte, au contraire, est apostolique, alors même que Judas, Anne et Caïphe l'annonceraient.

« *Quod si adversarii Scripturam urserint contra Christum, urgemus Christum contra Scripturam.* »

Cette distinction capitale nous fait comprendre la liberté, audacieuse aux yeux de ses successeurs, qu'il a souvent prise à l'égard de certains livres de l'Ancien et du Nouveau Testament. Il les juge uniquement d'après son sens intime et la connaissance qu'il a de Jésus-Christ.

Ainsi l'Ancien Testament lui apparaît dans son ensemble une prophétie de Jésus-Christ :

« *Præsentem suum populum in futurum Christum.* »

Il en considère les écrivains dans la mesure où ils sont fidèles à ce message. Il chérit les Psaumes, une *petite bible* ; il vénère Moïse qui a parlé par le Saint-Esprit, mais chez qui l'on rencontre parfois des choses vaines, non toujours de l'argent, de l'or et des pierres précieuses. Il relève des erreurs historiques et des interpolations chez les prophètes Esaïe, Jérémie, Osée, etc.

Les trois premiers Evangiles parlent moins de la grâce et de la foi que des fruits de la foi ; ils s'arrêtent trop au récit des miracles. L'Epître aux Hébreux est probablement d'Apollos.

Saint Jacques n'enseigne rien de Jésus-Christ ; il ne traite que de la loi et des œuvres. Son épître est une épître de paille ; elle n'a pu être écrite par un apôtre, elle contredit saint Paul, elle n'est point conforme à la pure doctrine : *Jacobus delirat*, etc. L'Apocalypse ne lui sourit guère, et toute sa prédilection est pour les grandes épîtres de saint Paul et l'Evangile de saint Jean. Même chez ses auteurs préférés, il distingue, et il discute.

On a peine à concilier cette singulière indépendance d'esprit, ces jugements si libres, non avec sa vénération profonde pour la sainte Ecriture — car cela est conciliable — mais avec la position que souvent il a prise à l'égard de ses adversaires, quand, par exemple, il oppose avec entêtement à tous les discours de Zwingle, dans leur controverse au sujet de la sainte-Cène, et comme raison suprême, cette expression littérale : *Hoc est corpus meum* ; et l'on serait tenté d'y surprendre une contradiction flagrante, si l'on ne se souvenait que ces paroles sont la déclaration de Jésus-Christ lui-même et non telle parole victorieuse des Ecritures. Ni en cette occasion, ni jamais, Luther n'a été l'homme de la lettre.

Le vrai est que toutes ces questions d'autorité, d'inspiration qui nous sont devenues familières et qui ont pris le premier rang dans nos discussions théologiques n'avaient pas encore été soulevées dans l'Eglise, et que Luther jetait ses affirmations et ses doutes sans leur donner la forme précise d'une doctrine et sans prévoir les conséquences qu'elles pourraient avoir. Il était d'ailleurs, par nature et par conviction, élevé au-dessus de toute autorité extérieure et formelle.

L'Eglise catholique, dans laquelle il était né, est foncièrement un vaste et imposant système d'autorité : autorité morale d'une longue possession, tradition incontestée, unanimité chez les saints et les hommes les meilleurs, devoir de fléchir nos vues particulières toujours misérables devant de telles et si splendides institutions, majesté des Ecritures qui portent le cachet du divin. Toute l'œuvre catholique consistait à imposer la foi et le dogme chrétien au nom de ces choses respectables entre toutes. Luther avait porté ce joug. Une fois le fardeau ôté de ses

2

épaules, il sentit sa liberté et dit : « La foi seule suffit ; toutes les autorités extérieures sont faibles et faillibles. » Une parole divine était tombée dans son cœur ; et son cœur s'y était pris comme le fer se prend à l'aimant. Jésus-Christ était devenu l'objet immédiat de sa foi, et sa présence avait été scellée dans son âme par la vertu du Saint-Esprit. Le *Testimonium Spiritus Sancti,* telle était bien au fond son unique et toute puissante autorité.

Cela est très subjectif évidemment, mais notez qu'il parle ici de la foi qui sauve, non de l'ensemble de croyances, de dogmes, de saintes pratiques qui sont comme l'enveloppe protectrice de la religion. Puisqu'il s'agit de la « seule chose nécessaire », de laquelle dépend le bonheur ou le malheur de la vie, quelle autorité pourrait se placer entre l'âme et Dieu ? Ne faut-il pas que la vérité nous saisisse immédiatement et s'empare de nous ? S'il en était autrement, la foi ne serait plus qu'un assentiment sans valeur morale à des croyances et à certaines doctrines salutaires. Telle est sans doute la foi d'un grand nombre de croyants ; mais telle n'a pas été celle de Luther.

La vérité qui sauve n'était pas pour lui une doctrine, pas même celle de la divinité de Jésus-Christ, mais sa personne et la grâce qu'il apporte à la créature pécheresse. — C'est à cela qu'il faut toujours revenir quand on cherche à se rendre bien compte des motifs de sa foi. Il a senti, il a éprouvé cela ; et c'est le Saint-Esprit qui a été le créateur de sa certitude.

Quelle autre garantie d'ailleurs la Vérité pourrait-elle nous donner qui ne soit pas elle-même ? Au nom de quoi, au nom de qui pourrait-on l'imposer ? Qu'y a-t-il de plus haut, de plus parlant, de plus convaincant que sa puissance intrinsèque ?

Pour tout le reste, pour tout ce qui n'est pas la certitude même de la grâce individuelle, Luther reconnaît pleinement la valeur incomparable du témoignage, surtout dans son rôle pédagogique. Il croit à une histoire de Dieu dans le monde, aux sollicitations célestes. Il parle admirablement de l'Ecriture sainte et ne cesse de l'exalter. C'est elle qui nous enseigne les voies de Dieu et nous donne la connaissance de la vérité ; c'est elle qui, par sa double prédication de la loi et de l'Evangile, conduit les âmes à la foi ; elle est le canal par lequel le Saint-Esprit se communique, *Vehiculum gratiæ*, puissance de Dieu pour le salut. Cette Ecriture, il l'a traduite et donnée au peuple, comme la source de la vie, comme la citadelle invincible contre l'erreur et le péché. Grâce à lui, elle est devenue la grande, l'unique autorité formelle du protestantisme, autorité morale et toute de persuasion.

« *Verbum Dei manet in æternum.* »

Le Saint-Esprit en est le souverain interprétateur ; car sans lui la vérité nous échappe. C'est par la prière, la méditation et la tentation que nous en comprenons le sens, et c'est en mourant à nous-mêmes que nous en vivons. « *Moriendo fit theologus, non intelligendo, legendo et speculando.*» Dans ce travail intérieur, tout devient lumière ; les choses incomprises s'éclairent ; l'intelligence s'avive, se purifie et devient un admirable organe de Dieu.

Les générations qui ont suivi n'ont pas recueilli entièrement cet héritage de Luther. Quand on n'a plus senti ce qu'il avait si vivement éprouvé dans ce contact immédiat avec Dieu, avec Jésus-Christ, on n'a plus su le comprendre, et une orthodoxie intellectuelle s'est lentement substituée dans l'Eglise à sa vivante conception de la foi. Les esprits incertains ont exigé des garanties visibles à la vérité toute nue. Ce fut le règne de la théopneustie.

IV

La foi est un incomparable trésor ; elle porte avec soi la délivrance, elle sauve de tous les maux. Elle est la plénitude et l'accomplissement de la loi ; elle remplit le cœur des croyants d'une telle justice que ceux-ci n'ont plus besoin d'aucune chose.

D'où vient donc que l'Ecriture sainte nous prescrit un si grand nombre d'œuvres, de cérémonies et de lois ? Les préceptes appartiennent à l'Ancien Testament; ils enseignent ce qui est bien, les choses qu'il faut faire ; mais ils n'en donnent pas le pouvoir. Qu'il y a loin du commandement à l'obéissance! Ils révèlent l'homme à lui-même, et en le persuadant de son impuissance pour le bien, ils l'amènent à désespérer de ses forces. Quand un homme, par la hauteur même des préceptes, cherche avec anxiété le moyen de satisfaire à cette loi qui le condamne, et dont pas un iota ne saurait être effacé, sa bassesse et son néant se révèlent à ses yeux, et il ne trouve rien en lui qui puisse le justifier et le sauver. Cette impuissance à obéir à la loi de Dieu le pousse à désespérer et à chercher en un autre le secours qu'il ne trouve pas en lui-même.

« Dans ta ruine, ô Israël, moi seul je puis t'assister. »

Alors apparaissent les promesses divines. Ces promesses disent : Si tu veux accomplir la loi et surmonter la convoitise, crois à Jésus-Christ, en qui te sont offertes la grâce, la justice, la paix et la liberté. Par la foi, toutes ces choses sont en toi ; sans elle, tu demeures privé de tout. Qui possède la foi possède toutes choses.

« Il les a tous renfermés dans l'incrédulité, dit l'Apôtre, pour avoir pitié de tous. » Toutes ces promesses de Dieu sont des paroles saintes, véridiques, paroles de liberté, de paix et d'inépuisable bonté. L'âme qui s'y attache d'une foi assurée, s'unit à elles, s'en pénètre, s'y absorbe et s'inonde de leur vertu. « A ceux qui croient en son nom, dit saint Jean, il leur a donné la puissance d'être faits enfants de Dieu. » Comme le fer s'échauffe au contact du feu et devient lui-même incandescent, ainsi la Parole pénètre l'âme et la transforme à son image. La foi donc suffit à tout. Si l'œuvre est inutile, la loi l'est de même et l'âme est affranchie. La foi donne ainsi la plénitude de l'obéissance. Fidèle, elle se soumet à toutes les volontés de Dieu, elle sanctifie son nom, elle acquiesce à tout.

Mais voici la vertu incomparable de la foi. Elle unit l'âme à Jésus-Christ comme une épouse à son époux, union divine, de toutes la plus parfaite et dont le mariage terrestre n'est qu'une faible image. Ici le bien et le mal, tout est commun. Ce qui appartient à Christ, l'âme fidèle le possède et s'en glorifie ; ce qui appartient à l'âme, Christ le prend sur lui et le fait sien. Admirable échange ! Jésus-Christ est une plénitude de grâce,

de vie, de salut ; l'âme, au contraire ! n'a en partage que le péché, la mort et la condamnation ; mais par ce mystère de la foi,
Jésus prend à lui péché, mort et châtiment ; l'âme, par contre, reçoit la grâce, la vie, la félicité.

L'âme croyante, ô doux spectacle ! n'entre pas seulement dans
la communion de la vie de son Christ, mais encore dans celle
de ses combats, de sa victoire, de son œuvre de rédemption.
Christ, Dieu et homme tout à la fois, est au-dessus du péché,
de la mort et de la damnation. Sa justice, sa vie, sa félicité,
sont invincibles, éternelles. En acceptant, dans les saintes fiançailles de la foi, les péchés, la mort, la condamnation de l'âme
devenue son épouse, il fait siennes toutes les misères de celle-
ci et se substitue à elle ; il combat, il meurt et descend aux enfers. Ni le péché, ni la mort, ni l'enfer ne peuvent l'accabler.
C'est lui, au contraire, qui terrasse ces puissances de mort et
les anéantit ; car sa justice est plus haute que tous les péchés
du monde ; sa vie est plus puissante que la mort, et l'enfer est
vaincu par sa sainteté.

Aussi l'âme fidèle, attachée à son divin époux par le lien indestructible de sa foi, est affranchie de ses péchés, délivrée de
la mort, garantie contre l'enfer. Christ la revêt de sa justice
éternelle, de sa vie ; il fait d'elle une épouse glorieuse, sans
taches ni rides.

Par la foi, le chrétien est sacrificateur et roi. Cette double
dignité que Jésus-Christ possède par droit de primogéniture, il
la communique à l'âme fidèle, car l'époux donne tout à son
épouse. Admirable don ! Par cela même qu'il appartient au
règne de Jésus-Christ, le chrétien s'élève au-dessus de tout ; sa
puissance spirituelle le fait maître et seigneur de toutes choses ;
rien ne saurait lui nuire ; le monde entier lui est soumis et
contribue à son salut.

Cette royauté chrétienne n'est pas une puissance terrestre.
Nous serons toujours assujettis aux volontés des autres, exposés
à toutes sortes de maux et même à la mort. Plus nous serons
de vrais chrétiens, plus nos souffrances seront grandes et variées, témoins Jésus-Christ notre Chef et tous les saints, ses
frères, qui ont eu part à la communion de son agonie et de sa

mort. La puissance chrétienne est d'ordre spirituel, s'exerce au sein des inimitiés et brille dans l'oppression. Elle est la Vertu de Dieu qui s'accomplit dans l'infirmité. La croix et la mort servent à mon salut, et il n'y a nulle chose bonne ou mauvaise qui ne concoure à ma félicité.

Rois, nous sommes prêtres pour l'éternité. La dignité sacerdotale, dont nous sommes revêtus, dignité plus excellente que la royauté elle-même, nous donne le droit de nous présenter devant Dieu, d'intercéder pour nos frères. Avec Jésus-Christ nous régnons ; avec lui nous sommes sacrificateurs ; avec lui nous approchons de Dieu, et dans l'assurance du Saint-Esprit, nous lui disons : « Notre Père. »

Que la dignité du chrétien est grande et ineffable ! Roi, il est maître de la mort, de la vie, du péché. Prêtre, il peut tout sur Dieu ; car Dieu exauce ses désirs et ses supplications.

Dieu fait la volonté de ceux qui le craignent, il écoute leurs prières, et il les sauve.

Comment l'âme qui entend de telles choses ne tressaillirait-elle pas ? Comment une grâce si parfaite n'enflammerait-elle pas son amour pour Jésus-Christ ? Y a-t-il une loi, y a-t-il une œuvre capable de produire un tel amour ? Qui pourrait désormais l'effrayer et lui nuire ? Que l'angoisse du péché l'assaille, que l'horreur de la mort se présente à sa vue, elle ne craint rien, elle n'est pas ébranlée, elle verra s'évanouir tous ses ennemis, car son espoir est en Christ ; elle sait que sa justice est la sienne propre, que ses péchés sont devenus les siens, et qu'avec lui ils sont vaincus, absorbés. Elle se rit de la mort et du péché, elle s'écrie avec saint Paul : « O sépulcre, où est ta victoire ? O mort, où est ton aiguillon ? » La victoire de Jésus-Christ, c'est la nôtre : c'est nous qui la remportons avec lui par notre foi.

Ce langage est mystique. La pensée est étonnamment ferme, virile, révolutionnaire même. Qu'est-ce que ce chrétien, prêtre et roi, dominant toutes choses et que rien ne domine, sinon l'homme émancipé de toutes les autorités d'ici-bas : hiérarchie ecclésiastique, puissance visible de l'Eglise, cérémonies, institutions sacrées, culte, religion comme l'entend le monde ?

Cette indépendance absolue, cette élévation sans limite fait du chrétien un être surhumain ; mais voici le contrepoids.

V

C'est l'idéal, et, dans la réalité, nous sommes bien loin d'être spirituels et parvenus à une telle perfection. Aussi longtemps que nous sommes dans cette chair, nous ne faisons qu'ébaucher ce que la vie future accomplira ; nous n'avons que les prémices de l'esprit dont la plénitude appartient à la vie à venir. C'est pourquoi le chrétien reste un serviteur qui se soumet à tout. Pour autant qu'il est libre, il n'a point d'œuvre à accomplir ; pour autant qu'il est esclave, il est lié aux œuvres. Le chrétien est au sein d'un monde mortel ; dans ce monde il a un corps qu'il doit gouverner, et il faut qu'il agisse au milieu d'autres hommes. Ce corps, il faut le discipliner par le jeûne, les veilles, les travaux appropriés, le soumettre à la puissance de l'esprit, le rendre conforme à l'homme intérieur et le contraindre, car de sa nature il est rebelle.

L'homme intérieur se plie à la volonté de Dieu, dont il est l'image, il a sa joie en Jésus-Christ ; son bonheur est de servir dans un amour entièrement libre. Mais en même temps il trouve dans sa propre chair une volonté hostile qui aime le monde et ne voudrait servir que lui. L'esprit ne peut tolérer cette volonté misérable et s'applique à la soumettre et à la réduire. « Je prends plaisir à la loi de Dieu selon l'homme intérieur ; mais je vois dans mes membres une autre loi qui combat contre la loi de l'esprit et me rend captif sous la loi du péché... Je traite durement mon corps et le réduis en servitude, de peur qu'après avoir prêché aux autres, je ne sois moi-même réprouvé. Ceux qui sont à Christ ont crucifié la chair avec ses convoitises. » L'âme sanctifiée par la foi et pleine de l'amour de Dieu veut sanctifier son corps et amener tout ce qui lui appartient à bénir et à aimer Dieu.

Ce ne sont pas les bonnes œuvres qui font l'homme bon ; c'est l'homme bon qui fait les bonnes œuvres. Telle est la personne, telles sont les œuvres. Un mauvais arbre ne porte pas de bons fruits ; un bon arbre n'en donne pas de mauvais. L'homme juste fait le bien, l'injuste fait le mal. C'est ainsi que la foi, en rendant l'âme fidèle, est la source de toutes les bonnes œuvres. Le chrétien élevé au-dessus de toute loi, dans une liberté parfaite, ne cherche dans les œuvres qu'il accomplit que la bonne volonté de Dieu, jamais le bonheur ni le salut que Dieu, dans sa grâce, a déjà accordés à sa foi.

Le chrétien est le temple de Dieu, son cœur est le trône de sa majesté ; il est participant de la nature divine, divinisé. Il peut dire : « Je suis Jésus-Christ », car Jésus-Christ dit de lui : « Je suis ce pécheur. »

Certes, le vieil Adam n'est pas mort ; aussi le chrétien est-il ce blessé dont le bon Samaritain a eu pitié. L'huile du pardon a été versée sur ses plaies, mais la guérison n'est point parfaite : « *Vita nostra non solum peccat, sed est ipse peccatum.* »

Le règne de Jésus-Christ est un règne de péché. Toujours nous aurons à dire : « O Dieu tout-puissant, pardonne et ne compte pas avec moi. Toujours nous aurons à chanter cette petite chanson : « Notre Père qui es aux cieux, pardonne-nous nos péchés. » Les dévots et les saints ne comprennent pas cela. Ni notre vie ni nos œuvres ne sont suffisantes pour nous donner cette joie suprême de tenir debout devant Dieu. Pour cela, il faut un autre homme, c'est Jésus-Christ envoyé du Père pour la réconciliation du péché.

C'est son Esprit qui nous soutient ; sans lui nous tombons lourdement, et la paresse spirituelle s'empare de notre cœur. Dieu, qui nous aime d'un éternel amour, nous envoie alors des tentations, des épreuves douloureuses, sa lourde croix ; et c'est ainsi que notre pénitence dure jusqu'au jour de notre mort.

VI

Luther a fait dans le domaine de la vie une révolution plus grande peut-être que dans celui du dogme. Il a déplacé le centre de la sainteté et fait évanouir la chimère d'une vie angélique supérieure à la vie ordinaire des hommes.

Il a montré que la sainteté réside dans l'accomplissement des plus humbles devoirs, et qu'il n'y a rien qu'on puisse mettre au-dessus des choses que Dieu lui-même a établies, à savoir les institutions nécessaires à l'existence et au développement de l'humanité : la famille, la société, la patrie, le gouvernement des peuples, les relations des hommes entre eux.

Ainsi la vie sociale vaut mieux que la solitude, le mariage mieux que le célibat, l'expansion de nos facultés mieux que le repli sur nous-mêmes.

C'était la contradiction la plus absolue à tout ce que l'Eglise avait cru, pratiqué, vécu jusqu'alors. Pour bien en saisir la portée, il faut se souvenir que toute la piété, toutes les institutions, toutes les aspirations tendaient à cette chose unique : réaliser au-dessus de ce monde de péché la vie vraiment divine, angélique, agréable à Dieu, fuir le siècle et se consacrer à Dieu dans le renoncement, la pénitence et les œuvres excellentes. Pour les âmes basses c'était simplement la vie cloîtrée, avec ses exigences extérieures, les oraisons, les confessions, la soumission parfaite à la règle et l'obéissance aux vœux. Pour les âmes plus hautes, c'était la contemplation et la vie ascétique dans toute sa rigueur.

On sait avec quelle persévérance, quel zèle, quelle ardeur que rien ne lassait, Luther s'est, pendant toute sa vie, appliqué à ruiner cette forteresse de l'Eglise ; avec quel emportement il a dépeint, au souvenir de ses propres angoisses, cette vie de misère qui s'appelle la vie monastique, la piété crapuleuse des uns, les illusions évanouies, l'incertitude du salut, le désespoir poussé jusqu'à la haine de Dieu, cet enfer spirituel dans lequel tombaient tant d'esprits généreux qui cherchaient là le paradis.

C'était tout l'ancien idéal de la perfection chrétienne renversé ; et à la place de ce colossal édifice de sainteté, il met tout simplement la Foi, une petite chose en soi, mais qui porte le monde nouveau, et sans laquelle tout n'est que vanité dangereuse et néant.

Dès lors tous les rapports du chrétien avec son Dieu sont simplifiés et se réduisent en une humble et parfaite confiance. Il ne reste plus que l'adoration de la foi d'où naît l'amour et la sainte crainte, « *Exultate in tremore*, Ps. 2, 11 »; plus de chemin du ciel que celui de la prière, vraie et puissante communion avec Dieu de l'âme qui soupire, loue, rend grâce; qui persiste dans le cœur quand les lèvres ont cessé de s'ouvrir; qui sans trêve implore la délivrance de toutes les misères, la sainteté, et acquiesce à tout.

L'immense échafaudage de prescriptions pour la vie intérieure, d'ordonnances sacrées, a disparu. Disparue l'Eglise avec sa hiérarchie sainte, papes, évêques, prêtres, intermédiaires divins entre Dieu et l'homme. L'Eglise n'est plus que la communauté des croyants, et tout chrétien est prêtre.

Disparu, le culte avec ses splendeurs, son sacrifice, sa vertu méritoire et son auréole païenne d'adoration. Il n'y a plus que des enfants de Dieu qui se réunissent pour prier, pour rendre grâce, pour recevoir la Parole et les sacrements divins. Il a porté la hache au vieil édifice sacerdotal et n'a rien laissé debout que ce qui naît directement de la foi.

Puis enfin, et cela est d'une portée incalculable, cette vie du siècle, méprisée, déclarée indigne des âmes qui aspirent à Dieu, il l'a déclarée l'unique théâtre de la sainteté et de l'exercice des vertus chrétiennes. Par cela il a ramené l'homme à la nature. Toutes les vertus angéliques ne sont que des illusions trop souvent pernicieuses. Il n'y a de bon, de vrai, de chrétien que le monde que Dieu a créé, les institutions éternelles qu'il a établies. C'est ici que Dieu se trouve et se complaît, c'est ici que le chrétien doit faire l'épreuve de sa foi, et cette foi devient une action.

Un père de famille qui élève ses enfants dans la crainte de Dieu, l'artisan à son métier, la servante à sa tâche laborieuse, le négociant à son comptoir, le juge à son tribunal, le prince qui dirige les affaires de son peuple, le soldat qui combat pour la sécurité et l'honneur de son pays, accomplissent, sous le regard de Dieu, des œuvres plus excellentes que l'homme qui, pour sauver son âme, fonde un couvent, vit de macérations, part pour la Terre-Sainte ou fait un pèlerinage à Saint-Jacques de Compostelle. Il n'y a plus de dévotion particulière, et la piété consiste uniquement à croire, à aimer Dieu de toute son âme et à servir le prochain.

Au fond, il n'y a pas d'autres devoirs envers Dieu que celui de croire, d'aimer, de vivre en Lui. Toutes ces dévotions, ces rites sacrés, tous ces devoirs de piété : jeûne, abstinence, adoration, séparation d'avec le monde, ne sont que des inventions humaines, bonnes quelquefois par l'espèce de mortification qu'elles apportent, le plus souvent dangereuses par l'illusion qu'elles procurent, et parce qu'elles tendent à se substituer aux vrais devoirs de la vie. Luther a fait descendre les âmes de cette sphère d'apparence trompeuse pour les ramener à la pratique de la vie commune. Il a montré combien cette vie est saine, voulue de Dieu, et comment elle peut être sanctifiée. Tout est saint ; il n'y a d'impur que le péché, et la vie la plus ordinaire peut être consacrée à Dieu.

La religion ne s'étendant pas au delà des choses de la foi, le monde est, par cela même, émancipé de toutes les tyrannies qui pèsent sur lui, et la liberté apparaît dans tous les domaines. La science échappe à la contrainte de l'Eglise et poursuit la vérité dans une complète indépendance. L'Etat est affranchi de toute domination, de toute tutelle cléricale ; seul il maintient l'ordre dans la société, et le droit civil est né. Le mariage n'est plus une sorte de concession faite aux faibles ; il est un établissement divin, l'école de la plus haute moralité. La charité n'est plus un moyen de faire son propre salut ; c'est le don de soi-même aux misères du prochain. Nos activités terrestres ne sont plus des occupations qui nous détournent du ciel, mais le théâtre divin où s'exerce notre piété, où le caractère se forme, où l'homme apprend à se confier à Dieu et à mettre en pratique ses commandements.

Toute cette piété est virile. Rien en elle de malsain : ni fausse dévotion, ni puérilité, mais quelque chose de libre, de pur, respirant la liberté et la joie.

VII

La doctrine sociale de Luther sur les relations des hommes entre eux est simple et grande. Elle se résume dans le sacrifice.

Le chrétien, libre et roi comme son Christ, comme lui aussi se dépouille de sa liberté, revêt la forme de serviteur et se met au service de ses frères.

Dieu, dans sa miséricorde infinie et sans qu'il y eût nul mérite de ma part, m'a donné dans la personne de son Fils, à moi créature indigne, toutes les richesses de sa justice, tous les trésors de sa grâce. Rien ne me manque ; une seule chose m'est nécessaire : la foi qui accepte et qui croit. Comment ne mettrais-je pas mon cœur, ma vie entière au service de Celui qui m'a comblé de si grands biens, et ne ferais-je pas tout ce qui peut lui être agréable ? Enrichi de ses dons, je serai pour mes frères ce qu'il a été pour moi ; je travaillerai à leur bonheur et à leur salut.

De la source de la foi découle l'amour. L'amour, à son tour, engendre une âme heureuse, dévouée, insouciante de la gratitude des hommes et de leur ingratitude, élevée au-dessus de la louange et du blâme, du dommage et du gain. Elle ne connaît ni ami, ni ennemi, ni obligé, ni ingrat ; elle répand avec bonheur ses bienfaits, elle donne et se donne sans calculer. De même que Dieu le Père distribue libéralement ses dons à tous et fait lever son soleil sur les justes et sur les injustes, ses enfants, à son exemple, travaillent, souffrent, font le bien et ne cherchent d'autre récompense que la joie de Christ qui remplit leur cœur.

Voici la règle de la vie chrétienne : que toutes nos œuvres aient pour but le bien-être de notre prochain. Puisque nous avons en abondance, par la foi, tout ce qui nous est nécessaire, le reste, c'est-à-dire l'œuvre entière de notre vie, doit se répandre sur notre prochain et être consacré à son service dans un esprit de bienveillance toute spontanée.

Notre prochain souffre dans son indigence et réclame notre richesse, de même que nous, souffrants devant Dieu, nous avons fait appel à sa miséricorde. Le Père céleste nous a délivrés gratuitement par son Christ ; allons donc au secours de nos frères et soyons pour eux ce qu'il a été pour nous. C'est ainsi que Christ sera tout en tous. Que la vie chrétienne est donc belle et glorieuse ! Qui peut en comprendre la beauté et la richesse ?

Elle possède toutes choses et ne souffre jamais d'indigence ; mais en même temps elle est tout entière au service des autres, pleine de bonté et de sollicitude.

Donnez librement et joyeusement tout ce que vous avez à donner, afin que les autres se réjouissent de votre bonté et soient comblés de votre charité.

Prenons pour nous la misère du prochain, faisons nôtres son travail et sa servitude. Le chrétien est un homme qui vit non en lui-même, mais en Christ et en son prochain. En Christ par la foi, en son prochain par la charité. La foi l'élève jusqu'à Dieu, la charité l'abaisse au-dessous de ses frères.

Toutes ces paroles sont empreintes de bonté et d'humaine tendresse. C'est la pure doctrine du dépouillement, dans ce qu'elle a d'absolu, telle que Jésus l'a enseignée aux hommes. Elle est si haute et si surnaturelle qu'elle a toujours paru inapplicable ; et pourtant nous ne saurions oublier que c'est à cet amour poussé jusqu'au sacrifice qu'il a promis la conquête du monde. On reçoit en donnant, on l'emporte en cédant, on conquiert en abandonnant tout. C'est une folie sans doute, comme la folie de la croix ; mais on ne conçoit pas qu'il puisse y avoir une autre puissance capable d'apporter un remède aux injustices et aux iniquités sociales.

Luther l'a prêchée aux paysans révoltés et aux grands de la terre ; à tous il a dit : « Ne résistez pas au mal. » Il a tenté d'enrayer les puissances du mal à force de justice et de renoncement. Sa voix n'a pas été écoutée, pas plus que la voix de Jésus-Christ ne l'est aujourd'hui,

On sait que la fin de sa vie fut triste et désillusionnée ; ses plus chères espérances ont été trompées ; ce monde qu'il voulait régénérer est resté le monde mauvais, hostile à l'Evangile, ennemi de Dieu. Enveloppé de douleur, il se consolait et consolait les autres par la pensée toujours présente à son esprit que la fin de toutes choses était proche.

La tristesse est la note caractéristique de ses derniers jours. C'était une faiblesse sans doute et qui n'a pas porté de bons fruits. En séparant le royaume de Dieu d'un monde livré à la toute-puissance du mal ; en ne lui assignant d'autre rôle que celui de l'attente, de la souffrance et de la croix, il a coupé le pont qui relie les choses du ciel aux choses de la terre. L'Eglise qu'il a fondée en a porté la peine. Cette Eglise vit d'obéissance à la Parole de Dieu, de foi, d'adoration. On lui a reproché, non sans raison, de trop se replier dans une sainte passivité, de rester trop étrangère au bon combat et aux aspirations du siècle.

Et pourtant il y a beaucoup de vrai dans cette désespérance du monde mauvais et dans cet ardent désir de la délivrance. Elle s'accorde assez avec les enseignements des apôtres et de la première Eglise chrétienne qui vivait dans l'attente prochaine du retour de son Christ. Ne retrouvons-nous pas cette même note chez les grands chrétiens de tous les âges ? Est-ce assez pour la consolation de l'âme qui lutte et qui souffre ici-bas, d'espérer que les générations futures seront plus heureuses et plus saintes ? Cet espoir même n'est-il pas problématique ?

Quoi qu'il en soit, la certitude et l'ardent désir du ciel est le postulat suprême de la foi. Le ciel, Luther l'a peut-être enchanté des rêves de sa belle imagination ; mais en somme, il était dans la voie droite de l'Evangile quand il soupirait après ce ciel nouveau et cette terre nouvelle où la justice habite.

VIII

Tout ce côté de l'œuvre de Luther est grandiose. On y respire largement, comme dans une atmosphère de liberté et de paix céleste. C'est bien l'Evangile tel que le confessent les âmes qui se sont désaltérées aux sources divines ; c'est la sainte cité de Dieu où le croyant vit de lumière dans la communion de son Christ.

S'il eût borné là son effort, il resterait encore pour tous les âges le restaurateur de la foi chrétienne, le commentateur inspiré de l'apôtre saint Paul. Mais voilà, la foi ne descend pas tout droit du ciel dans les cœurs, et le chrétien n'est pas seul en ce monde. Il existe une histoire de Dieu ici-bas : Révélation, Ecriture sainte, témoignage, tradition des hommes, Eglise au sein de laquelle nous naissons, qui façonne notre âme avant que nous ayons pris conscience de nous-mêmes. C'est avec cette Eglise qu'il avait à compter, Eglise à la réforme de laquelle il avait mis sa vie. N'est-ce pas en effet le trafic des indulgences qui l'avait amené au combat ?

Dès les premiers temps de sa prodigieuse activité, il a senti combien était grande la distance qui séparait son bel idéal de la douloureuse réalité qu'il avait sous les yeux. Il avait pensé et vécu pour des âmes d'élite semblables à la sienne, il avait retrouvé pour elles la vérité toute nue dans sa grandeur et sa simplicité, et quand bientôt il se trouva en contact avec des natures grossières, avec la masse de l'Eglise, plus païenne que chrétienne, il se réveilla de son rêve.

Entre son Evangile tout saint et ce peuple qui n'aspirait qu'à une liberté charnelle, il vit un abîme, il prit peur pour l'avenir, et sans renier jamais aucune de ses pensées émancipatrices, il s'appliqua désormais à restaurer, à rétablir les grandes institutions nécessaires à la vie de l'Eglise et au maintien de la société. Sa Réforme prit dès lors un caractère conservateur très prononcé. On ne saurait en effet méconnaître un changement considérable dans ses vues après les troubles qui avaient ensanglanté son pays ; toutefois il ne faut pas en exagérer la portée, et il est souverainement injuste de prétendre, ainsi qu'on l'a fait, qu'infidèle à lui-même et déviant de ses propres principes, il aurait reconstitué un nouveau catholicisme.

La vérité, c'est que pour vivre il faut toujours combler l'abîme qui sépare la réalité pure de sa réalisation dans les faits. Les idéalistes ont toujours à descendre, à s'accommoder aux choses, et l'on peut dire qu'en un sens, toute incarnation de l'idée est une chute. Saint Paul et saint Jean, qui sont ses maîtres, n'ont-ils pas cédé à la même nécessité ?

La grande préoccupation de Luther était de raffermir l'Eglise sur des bases solides, de la défendre contre les attaques des sectaires et des illuminés. L'Eglise reste toujours bien à ses yeux cette communion des saints qu'il avait entrevue aux débuts de son œuvre ; mais cette communion est chose invisible, impalpable. Il lui faut pour accomplir sa mission des caractères tangibles, des signes extérieurs qui la fassent connaître ; ces signes sont la prédication pure de l'Evangile et l'administration des sacrements. C'est par ces *moyens de grâce* qu'elle engendre les saints, leur communique la foi et les rend vivants. Elle précède les individus, elle est la mère tendre qui veille sur chacun de ses enfants, elle est la porte du ciel et en même temps une sévère école de christianisme. — Oui, sévère, avec un ensemble de préceptes moraux, d'institutions, et un retour à la loi qu'il avait tant honnie quand il l'avait vue dans l'Eglise catholique substituée à l'Evangile.

La Loi, le Décalogue, Moïse chez les Israélites, la conscience chez les païens lui apparaissaient comme la voix qui proclame la sainteté de Dieu et son droit sur toutes les créatures. La Loi, c'est le ministère de mort qui effraie le pécheur, le désespère et l'amène à l'Evangile ; elle est éternelle comme Dieu lui-même. Agricola et les Antinomiens s'irritaient à la pensée qu'une conversion vraie pût être le fruit de la crainte ; ils proclamaient que l'âme pécheresse n'est réellement repentante et n'arrive à la foi qu'à l'ouïe de la miséricorde divine et de l'amour de Jésus-Christ. Si Luther n'eût obéi qu'à la logique de son système, peut-être les eût-il suivis, mais il avait le sens moral trop profond pour ne pas se dire que la seule prédication de la grâce peut devenir un piège mortel pour les cœurs frivoles, et qu'après tout, il y a dans la crainte de Dieu autre chose que cette terreur du châtiment qui n'enfante que des esclaves.

Il y a donc bien ici deux courants de pensée souvent confondus, parfois contradictoires soit qu'il tende vers l'idéal, soit qu'il regarde à la réalité et à la misère de l'homme. Cette opposition est du même ordre que celle qui s'affirme dans son livre de la *Liberté chrétienne*, quand il exalte à la fois la liberté absolue et la soumission parfaite.

IX

On a reproché à Luther d'être infidèle à ses principes et d'avoir, lui l'homme de la liberté, recréé de toutes parts une scolastique nouvelle, d'avoir enchaîné l'Eglise à des formules, à des dogmes, et rétabli ainsi l'esclavage intellectuel dont il s'était libéré lui-même. Ce reproche est spécieux, injuste au fond. Ce qui est vrai, c'est qu'instruit par ses combats et voyant son Evangile attaqué, dénaturé par ses nombreux adversaires, il a voulu en montrer la conformité avec les enseignements de la sainte Ecriture et la confession perpétuelle de l'Eglise. Il a fait ce que fait tout croyant, il a rendu raison à lui-même et aux autres de sa foi.

Cette nécessité existe pour tout le monde. La foi réduite à une impression, à un sentiment, est sans doute suffisante pour faire le bonheur de la vie, mais elle reste personnelle et incommunicable. L'âme croyante éprouve l'impérieux besoin d'entrer en une communion plus intime avec le mystère de Dieu, de connaître toujours mieux la plénitude de grâce qu'elle a reçue ; l'esprit cherche à dissiper les ténèbres qui l'enveloppent, à se laisser pénétrer de lumière. Le dogme sans doute n'est rien par lui-même, mais il porte et enferme le divin comme l'écorce enferme l'amande, comme le vase contient le parfum. Brisez le vase, et le parfum se dissipe dans l'air. Détruisez le dogme, et la vérité s'évanouit. Ce n'est pas par caprice, ou en contradiction avec eux-mêmes que des hommes comme saint Paul et saint Jean ont donné à leur foi une forme intellectuelle qui parle à la conscience et à l'esprit. Quiconque croit, veut savoir et formuler l'objet de sa foi, et la connaissance est une chose divine.

Il est vrai que nous recevons tous la vérité dans des vases d'argile et que forcément ses rayons, en nous pénétrant, empruntent à notre faiblesse quelque chose d'imparfait. Qui peut se vanter de la reproduire tout entière ? Chacun de nous n'est que la goutte d'eau qui reflète une étincelle de lumière. La plénitude est en Dieu, et l'Eglise dans son ensemble est plus riche que les plus excellents de ses membres.

Voilà ce que Luther avait vivement senti, et c'est pour cela qu'il a été si conservateur, maintenant tous les dogmes ecclésiastiques qui lui paraissaient fondés sur la parole de Dieu. S'il a insisté plus que de raison sur la pureté de la doctrine, c'est qu'il s'agissait pour lui de sauver son Evangile et de le maintenir dans son intégrité contre les violentes attaques de ses adversaires.

X

Tout ce qui vient d'être exposé dans les pages qui précèdent serait incomplet si je ne disais maintenant un mot de sa doctrine des moyens de grâce. Cette doctrine, corollaire et couronnement de sa christologie, caractérise admirablement son génie et marque sa Réforme d'une empreinte ineffaçable. C'est le point où les diverses confessions chrétiennes se séparent.

La pensée suprême qui domine ici toute la théologie de Luther touchant la Parole et les sacrements n'est rien autre que sa foi invincible en la présence de Dieu, en d'autres termes de Jésus-Christ au sein de son Eglise, présence réelle dans tous les sens, mystère adorable qu'il faut croire alors même que nous n'en aurions pas la parfaite intelligence.

Dieu, nous dit-il, est immanent dans sa création ; il remplit la nature entière de sa divinité, et le monde est plein de lui. Il n'envoie pas d'anges ni de messagers pour conserver et conduire ce qui est sorti de ses mains. Il est là lui-même dans l'infiniment grand et l'infiniment petit ; il pénètre chacune de ses créatures de sa toute-présence : « Où fuirais-je loin de ton Esprit ? Si je monte aux cieux, tu y es ; si je descends au sépulcre, t'y voilà ! » C'est la marque de son éternelle majesté, de se faire si petit qu'un grain de blé le contient et si grand qu'il remplit et dépasse tous les mondes réunis. Il est dans le pain que nous mangeons, dans l'air que nous respirons, et sa présence seule communique aux choses de sa création la vertu qui leur est propre.

Les hommes grossiers le méprisent parce qu'il y apparaît dans la faiblesse et la pauvreté ; les intelligents ne comprennent pas ce mystère, parce qu'ils font de la nature une chose en dehors de Dieu, rebelle à sa volonté.

Si Dieu est partout il n'est salutairement accessible que là où par condescendance il s'offre à notre foi : dans sa Parole et les sacrements qu'il a institués. C'est le Dieu toujours aimant, toujours agissant. Il est venu dans la souffrance, ne voulant pas être étranger à nos douleurs, à notre humanité, ramenant la vie par l'expiation du péché, mourant, ressuscitant, ouvrant aux élus les portes du ciel, fondant son règne sur la terre et s'incarnant dans les siens par le mystère de sa parole et de ses sacrements. Cette grâce de Dieu qui donne la vie, il la voit descendue dans la Parole, dans la prédication de l'Evangile, l'absolution, les sacrements, pour tout homme qui soupire après elle et se confie aux promesses divines. Ce n'est pas nous qui cherchons Dieu, c'est lui qui nous cherche et nous trouve, car le chrétien est une pauvre créature qui n'a rien à donner.

Gardons-nous d'affaiblir ou de mépriser ces moyens de grâce, car c'est par leur usage constant que le chrétien parvient à la pleine assurance de son salut, que les besoins profonds de l'âme sont satisfaits, que la vie libre, consolée, sereine et sainte se poursuit ici-bas. De là vient l'insistance que Luther met à sauvegarder la réalité de la grâce offerte dans la sainte-Cène ; de là aussi la ténacité avec laquelle lui, si libre d'ailleurs à l'égard des Ecritures, s'en tient aux paroles précises de l'institution. Il ne veut pas qu'une incertitude quelconque puisse subsister au sujet d'un si grand bienfait. « Nous avons pour nous un texte clair, une parole authentique de Jésus-Christ. C'est sur elle seule que nous nous appuyons. Cette parole est si limpide, si lumineuse qu'un enfant peut la comprendre, et si puissante que nos adversaires doivent reconnaître combien il leur coûte de peines pour la dénaturer et lui donner un sens figuré. Tous leurs efforts n'aboutissent qu'à changer ici la lumière en ténèbres. »

La Parole c'est Dieu, c'est Jésus-Christ éveillant notre foi, nous apportant la certitude de son amour. Le baptême, la Cène, c'est lui encore, venant en aide à notre faiblesse, se communiquant sous une forme sensible, se laissant saisir et toucher. La Parole et les sacrements ne sont pas seulement les gages sacrés de la Nouvelle Alliance ; ils communiquent réellement et virtuellement la substance vivante et personnelle de Jésus-Christ. La foi ne les crée pas ; ils subsistent par eux-mêmes quelle que soit notre disposition à leur égard ; salutaires à celui qui croit, funestes comme tous les dons de Dieu à qui ne croit pas.

L'Eglise romaine avait fait du sacrement un acte souverain de Dieu opérant la grâce par lui-même *(opus operatum)*. Luther repousse la magie du rite et en subordonne l'action salutaire à la foi qui le reçoit. L'Eglise romaine adorait dans le sacrement de la Cène le corps de Christ substitué miraculeusement aux éléments terrestres qui s'évanouissent. Luther ne le voit et ne le contemple que dans l'acte même de la communion, le pain restant le pain, le vin ne changeant pas de nature ; et le mystère est pour la foi seule. L'Eglise romaine parait le corps du Christ de toutes les vertus et de toutes les puissances surnaturelles. Luther n'y voit que ce que portent les paroles de l'institution : la rémission des péchés, la vie et le salut.

Par cela seul il renversait sur sa base l'antique doctrine de l'Eglise, et frayait une voie nouvelle dans l'intelligence du mystère divin ; et cette voie il la défendait à la fois contre les papistes et l'hérésie sacramentaire. La doctrine du sacrement (particulièrement celle de la Cène) n'est point pour lui un dogme secondaire touchant lequel on puisse différer d'opinion.

La présence réelle de Jésus-Christ dans la Cène lui semble aussi importante, aussi capitale pour la vie que la foi en sa mort expiatoire sur la croix. Ravir aux âmes cette présence, c'est les désespérer, mentir à l'Esprit et le renier.

Il est impossible d'exposer ici dans son ensemble la doctrine luthérienne des sacrements, car c'est tout un monde, et il doit nous suffire d'avoir mis en relief l'esprit qui lui a donné naissance.

Ces hautes spéculations sur la nature de Dieu et ses rapports avec les choses créées frappent par leur grandeur et leur poésie. Ce Dieu si près de nous dont la charité condescendante nous pénètre de ses grâces et nous nourrit de sa substance même, nous apparaît infiniment aimable et désirable. La théologie scolastique n'offre rien de semblable ; ses contemporains n'en ont pas compris la portée, et les rationalistes, ses adversaires, n'y voyaient que les conceptions aventureuses d'une imagination dévoyée. C'était tout simplement un écho très personnel de cette vieille *Théologie germanique* où il avait appris à chercher, à aimer non des formules intellectuelles, mais Dieu en nous, le Dieu vivant.

Elles dépassent sans doute dans leur mysticisme les stricts enseignements des Saintes Écritures, non pourtant l'expérience chrétienne. Luther voulait tout uniment convaincre des esprits de la présence réelle de Jésus-Christ ; il y croit par fidélité à la Parole de Dieu, mais aussi parce qu'elle répondait aux instincts les plus purs de sa foi, parce qu'il aspirait à posséder Dieu, à s'unir à lui dans l'intimité la plus profonde, parce qu'il croyait à l'unité possible du divin et de l'humain. C'est ainsi qu'il a cherché à rendre cette présence lumineuse et à expliquer l'inexplicable.

Quoi qu'il en soit, on peut dire qu'il a sauvegardé pour le protestantisme la foi au mystère divin, à la communion ineffable entre Dieu et l'humanité croyante. Grâce à lui, le culte évangélique a trouvé son expression la plus haute dans le sacrement.

Quelques-unes de ses théories ont pu être contestées ; son argumentation sur certains points paraît bien métaphysique ; il n'en reste pas moins vrai qu'il a ravivé dans l'Église une abondante source de consolation et de vie. Aussi longtemps qu'il y aura des chrétiens dans ce monde, et il y en aura jusqu'au dernier jour, ces chrétiens sentiront le prix inexprimable de cette grâce du Seigneur qui, après s'être donné pour nous sur la croix, se donne à nous dans la perpétuelle offrande de sa Parole et de ses sacrements.

DOLE-DU-JURA. — IMPRIMERIE L. BERNIN.